U0108439

數星星

阿濃 著

美心 繪

新雅文化事業有限公司
www.sunya.com.hk

序

星星繼續亮

1991 年，也就是三十二年前，新雅幫我出版了一本很袖珍的書《摘星園》，一共二十三個小故事，正如封面標示，特點是溫馨、細膩、濃情、童真、點滴情懷。當年十歲左右的讀者現在人到中年了，該是他們的孩子讀這本書的時候。

新雅編輯部不想讓好東西被遺忘，決定讓它出新版，由我再多寫九個故事，小書變大了，小小的黑白圖也會變成大幅的彩圖。

新寫的故事反映了時代的變遷，說明作者未停步，畫家也在進步。加上新的編輯，新的製作，讓星星繼續發光，而且更明亮。

阿濃
2023 年

《摘星園》
引言

　　在我年青的時候，曾經想做個兒童文學家，像安徒生那樣，為可愛的孩子寫美麗有趣的故事。

　　後來因為這樣那樣的原因，我成為大哥哥、大姐姐們熟悉的作家，卻較少為小弟弟、小妹妹們寫作。

　　1989 年 9 月香港出現了一份專為兒童辦的報紙，我為孩子寫作的心又熱了起來。

　　我寫了一批短短的文章，只有很簡單很簡單的故事，卻有很濃很濃的感情。

　　許多小朋友都說喜歡，其實我自己也很滿意。現在有機會把它們印成書，讓更多的小朋友可以一讀再讀，這當然是一件值得高興的事。

　　似乎，做安徒生的徒弟，這樣的夢想又熱切起來了。

（摘自 1991 年新雅文化出版的《摘星園》。）

目錄

前摘星園

後摘星園

前摘星園

願望

　　兒時的夏天晚上，在門前乘涼。我洗過澡，躺在竹蓆上，很涼，很舒服。

　　祖母坐在我身旁，輕輕搖着芭蕉扇，幫我趕蚊子。

我望着一天的星，像一顆顆閃亮的寶石，美麗極了，便對祖母説：

　　「嫲嫲，天上共有多少顆星？」

　　祖母説：「傻孩子，這麼多的星，誰數得清呢？」

　　「嫲嫲，我想摘一顆星下來玩。」

　　「傻孩子，他們這麼高，怎麼摘得到？」

　　「隔壁張大叔家裏有把長梯，我們可以借來爬上去。」

　　「嫲嫲老啦，爬不動啦！你又太小，爬到梯子上也差了一大截呢！到你長大了再去摘吧！」

　　於是我天天盼，盼望自己長大、長高，好把亮晶晶的星星摘下來，掛在我的房間裏。

　　後來我果然一天天的長大、長高，變成了大人，可是祖母卻永遠的離開了我。

我好像忘記了我的童年願望，直到一個夏天的晚上，我和我的小兒子在天台上乘涼，他漆黑的眸子望着一天的繁星說：

　　「爸爸，我想摘一顆星下來玩。」

★ 留在天上

小兒子漆黑的眸子反射着星光，忽然對我説：

「爸爸，我想摘一顆星星下來玩。」

我説：「傻孩子，你摘一顆下來，天上不是少了一顆嗎？」

「天上有那麼多星星，少了一顆，還留下許多許多，怕什麼！」

「孩子，地上也有許多許多的小孩，他們都喜歡星星。你要一顆，他也要一顆，就像蘋果樹上的蘋果，結果會被大家摘光。孩子，試想想，天上沒有星星會怎樣？」

「天空再沒有這麼美麗了。」

「唔，還有呢？」

「嫲嫲再不會對着星星説故事了。」

「唔，還有呢？」

「我再不能一、二、三、四、五的數着它們

學算術了。」

「唔，還有呢？」

「我説了好幾樣，輪到你説了！」

「好，」我説，「迷途的旅行家，在海上漂流的難民，結隊飛行的大雁，都不能靠星星分辨方向了。」

「他們會怎樣？」孩子擔心地問。

「他們永遠不能抵達目的地，説不定會在半途死亡。」

「爸爸，讓星星留在天上吧，而且，誰也不許摘！」

掛在窗前

「媽媽，我想要一顆星星。」小女兒睡在露台涼蓆上，小手一指：「我要月亮旁邊那一顆。」

「傻孩子，你要星星做什麼？」母親問。

「我要把她掛在窗前，讓上夜班的爸爸下班回來時老遠就看見。」

「傻孩子，這麼擁擠的高樓大廈，會把星星擋住，爸爸看不見。」

「我要把她掛在牀頭邊，我要睡在牀上跟她談天，談到很晚很晚，讓她照着我睡覺。」

「傻孩子，她的光會射着你的眼睛，使你睡不着。」

「我要把她放在聖誕樹頂上，跟那些小燈泡一起閃着，做一顆香港最美麗的聖誕樹。」

「傻孩子，你知道星星也有爸爸、媽媽和兄弟姊妹嗎？」

「我知道。」

「你把星星摘下來，她的爸媽和家人會掛念她，你知道嗎？」

「我知道。」

「你把星星摘下來，她會想家，會想念親人，你知道嗎？」

「我知道。」小女兒的眼中忽然出現了淚花，她抿了抿嘴唇說：「你幫我查一查她的電話號碼，讓我打 IDD* 給她，我們在電話裏談談就算了。」

* IDD：「國際長途電話（international direct dialing）」的英文縮寫，透過 IDD 服務，使用者可撥打並連接不同國家的電話。

一棵大樹

　　公園裏有一棵大樹，枝葉繁茂，樹底下很蔭涼。到公園來遊玩的人，都喜歡在樹底下歇歇，讓涼風吹掉身上的暑氣，欣賞樹上的鳥唱和蟬鳴。

　　每年春天，樹上開滿艷紅的花，遠看像一朵朵的火，近看像頭上簪了紅花的新娘子，喜氣洋洋。許多人站在樹下拍照，把遊客的臉也映紅了。

　　康康第一次跟爺爺到這公園玩耍，第一眼看到這棵樹便很喜歡。他發現樹底下有一塊牌子，寫着某年某月某日，一位叫某某的大人物親手種了這棵樹。

　　康康説：「真要謝謝這位大人物，為我們種了這樣美麗的一棵樹。」

　　爺爺説：「這棵樹起初只是一棵小樹，我看着它一年一年的長大。不過你更要謝謝陳伯。」

　　康康説：「陳伯是誰？」

爺爺説：「你看到那邊正在澆花的園丁嗎？他就是陳伯。當年他準備好樹苗，在地上挖好一個洞，等大人物把樹苗放進去，加了兩鏟子的泥，植樹就算完成，以後許多年的灌溉、施肥、剪枝、杜蟲都是陳伯做的。」

　　康康説：「那麼，這塊牌子上應該加上陳伯的名字。」

一把舊藤椅

誰也記不起，這把舊藤椅究竟爺爺坐過多少年。連讀大學的哥哥也說，它一直存在着，而且從他有記憶開始，這把藤椅便是又殘又舊的。

家中的沙發換過很多次，連那張吃飯的大圓桌也因為斷了一隻腳，換了一張更大的，可是那把舊藤椅仍牢牢地守在客廳的一角。

藤椅的面已經凹陷，扶手的地方藤絲斷裂，爺爺從藤器工場裏買了藤絲回來自己修補。

那天是爺爺生日，爸爸買了一把很漂亮的搖椅回來，放在那把舊藤椅擺放的地方。

爺爺跟朋友喝茶去了，大家試坐新搖椅，都說很舒服，爺爺一定會喜歡。而且那把藤椅太舊了，放在客廳上很礙眼，把它換成新搖椅，好看得多。

爺爺喝茶回來了，孩子們急不及待地拉他試

坐新搖椅，康康還在後面幫他搖着：「爺爺，舒服嗎？」

「還好。」爺爺說。跟着問：「那把藤椅呢？」

「丟啦！」大家一齊回答。

爺爺的臉色一沉，拉開大門便要出去。

「到哪兒去？」祖母問。

「去找回那把藤椅！」爺爺說。

「在士多房裏擱着呢，早知道你這臭脾氣，誰敢胡亂丟了你的心肝寶貝！」祖母說。

爺爺臉上的烏雲頓時消散了，他把舊藤椅從士多房裏搬出來，放在露台上，一面喝茶一面看報紙。看他那舒適的樣子，大家想：

「這把藤椅的確應該留着。」

盆裏地裏

　　學校裏的花王何伯，種了幾十盆紫薇，夏天開滿紫紅色的花，把牆邊點綴得一片燦麗。

　　康康的父親在這間學校教書，向何伯要了兩棵樹苗，一棵種在盆裏，放在露台上；一棵帶進新界，種在爺爺的園子裏。

　　康康每天放學後都到露台澆花，他相信花兒們正在等他。他回來之後，花兒們才有水喝。而在乾渴之後喝水，是最愉快的事。

　　種了不到一年，紫薇便開花了，花雖不多，卻文靜秀美，很有風韻。

　　康康打電話告訴爺爺：

　　「我這裏的紫薇開花了，你那邊的花開了沒有？」

　　爺爺説：「也開了，有時間來看看誰的花開得茂盛。」

到康康去新界探望爺爺時，紫薇的花期已過。

　時間過得飛快，又是紫薇第二年開花的時候，康康去看爺爺。他差不多有半年沒來了，倒是爺爺有時候到市區去看他們。

　到了種紫薇的地方，康康低頭尋去，卻不見紫薇。爺爺叫他抬高頭看，原來那紫薇已長得高高，而且樹頂繁花簇簇。

　「為什麼盆裏的紫薇那麼矮，這一棵卻長得這麼高大呢？」

　「因為這裏有讓它自由生長的環境，盆裏的天地太小了。」爺爺摸着康康的頭說：「希望你也能自由地生長。」

貓魚和雞腿

媽媽把貓魚煎得很香，拌飯給小貓咪咪吃。

小貓咪咪急不及待，在廚房裏繞着媽媽的兩腿轉。

貓飯拌好了，很香，小貓吃飽了坐在一角洗臉。牠把口沫唾在腳上，然後往臉上和嘴上擦。

冰冰說咪咪的臉一定很臭，因為乾了的唾沫是臭的。

冰冰到廚房去看咪咪吃了多少飯，發覺咪咪專挑魚吃，剩下的都是白飯。

「媽媽，咪咪只吃魚不吃飯！」冰冰對母親說。

「一會兒牠肚子餓了就會吃。」媽媽說。

果然，晚上冰冰去看咪咪的飯碗時，已經把剩下的飯吃乾淨了。

吃晚飯的時候，媽媽給冰冰一隻雞腿，是用

醬油煮的，看上去一定很好吃。

　　冰冰一直把雞腿留着，等把白飯吃完了，才慢慢享受那隻雞腿，好吃極了。

　　媽媽説：「冰冰比咪咪聰明，冰冰有個好習慣。」

　　爸爸問是什麼好習慣？媽媽説：「冰冰懂得
把最好的東西留到最後，讓一頓飯在最愉快的情
況下吃完。這是中國人的良好傳統，要把好日子
留在後面，先苦後甜，是一種幸福。」

麻雀的悲劇

露台上，時常有麻雀飛來吃東西。

因為露台上有一個鳥籠，籠裏有一對彩鳳。彩鳳吃東西的時候，把一些雀粟掉在地上，便成了麻雀的食糧。

冰冰很喜歡看麻雀吃東西，牠們跳幾步，啄一啄，樣子很機靈。有時冰冰故意把餅乾捏碎了，撒在露台上，讓牠們飽餐一頓。

一個星期天的下午，冰冰正遠遠的看着小麻雀們在露台上吃東西，忽然一個影子撲出去，但聽見呼的一聲，幾隻麻雀飛走了。

冰冰看清楚撲出去的原來是貓兒咪咪，牠回過頭來，嘴裏已啣着一隻吱吱哀叫的麻雀。

「打！打！」冰冰揮手喝罵咪咪，想牠放下嘴裏的麻雀，牠卻躲到沙發底下去了。

到冰冰拿地拖把咪咪從沙發椅下面趕出來，

那麻雀已一命嗚呼了。

「咪咪很壞，很殘忍，我要把牠趕走！」冰冰氣憤地對媽媽説。

「傻孩子！」媽媽把氣呼呼的冰冰拉近身邊，冷靜地對她説：「捕捉老鼠和小鳥，是貓的本能，就像捕捉昆蟲是鳥兒的本能一樣，這是大自然給予牠們的祖先，祖先又遺傳給牠們的本領，一直以來，牠們以此維生，根本沒有什麼對與錯。看上去殘忍，可是牠們卻有一點勝過我們，就是很少自相殘殺，而人類之間，戰爭和屠殺不斷。」

看着咪咪鬼鬼祟祟地從衣櫃下面探頭出來，冰冰飲怒未息，又高聲喝道：「打死你這個壞蛋咪咪！」

你說奇怪不奇怪？

這大廈住了很多人，雖然大家在進進出出的時候常會碰面，但卻是互不相識。

大家可能一同開信箱取信，可是你好像看不見我，我也好像看不見你似的，誰也不願意先向對方打招呼。

大家可能一同等電梯，可是大家都看着那些會亮的數目字，卻不願意互相看一眼。

電梯門開了，大家走進去。在那麼狹小的空間裏，大家擠在一塊兒，身體貼得那麼近，大家的心卻是距離得那麼遠。因為大家的心，這時像電梯的門一般，緊緊關閉着。

直到有一天，大廈搬進了一伙新住客，這家人有個兩歲的小男孩。

小男孩還沒有上學，卻最喜歡上街。早上要媽媽帶他去買菜，黃昏要爸爸帶他去公園散步。

小男孩站在電梯裏，周圍的人都比他高，而且沉默着，像一根根的石柱。

　　「公公早晨！」一個清脆甜美的聲音打破了沉寂。公公低下頭，看到一對滿含笑意的大眼睛。於是公公也笑了：

「小弟弟早晨！」

「伯伯早晨！」小弟弟又向一個戴眼鏡的男人打招呼。他起先還不知道，是他的太太提醒他說：

「這位小朋友在叫你早晨呢！」

「啊，小朋友早晨！早晨！」

為了自己的失禮，他加倍奉還。

於是電梯立時熱鬧起來，大家不但互相說早晨，還開始交談起來。

不到一個星期，這大廈的住客見面時，都會笑臉相迎，互相招呼，你說奇怪不奇怪？

咪咪不舒服

阿俊每天放學都會跟小貓咪咪玩。

阿俊一按門鈴，咪咪便知道是他回來了，立即躲到沙發下面。

阿俊一進門，咪咪便從沙發下面一竄而出，兩隻前腳捧住阿俊的球鞋，還詐作用牙去咬。到阿俊想捉牠時，牠又馬上逃到沙發下面去了。

到阿俊換了衣服，想到冰箱裏找點什麼好吃的東西時，咪咪又會跑出來，繞着阿俊的腿轉來轉去，還「妙妙」的在叫着，要阿俊分一點東西給牠吃。

可是今天阿俊回來，咪咪卻什麼表示也沒有，懶懶的躺在露台上。

「咪咪！」阿俊叫牠。

牠瞟了阿俊一眼，又自顧打瞌睡了。

阿俊說：「豈有此理！你還擺架子呢！不瞅

不睬的！」

阿俊趁未換拖鞋之前，狠狠的踢了牠一腳。咪咪痛叫一聲，跑到沙發下面躲起來了。

媽媽說：「你為什麼欺負小貓？」

阿俊說：「誰叫牠不睬我！」

媽媽說：「動物和人一樣，都有不高興、不舒服的時候，你怎可以強迫牠每天陪你玩呢！」

後來阿俊看見咪咪到花盆裏找草吃，又嘔了一些東西出來，才知道咪咪真的不舒服，他覺得很慚愧。

舊練習本子

康康收拾書桌的時候，理了一大堆舊練習簿出來，用大膠袋裝了，放在大門外，準備等倒垃圾的阿嬸拿去丟掉。

不久卻看見爺爺把那袋練習簿拿回來，坐在小凳上，一本一本的把那些沒有用過的空白紙張撕下來。一面撕還一面說：

「這麼好的紙，丟了不是太可惜麼？」

康康心裏想：「橫豎用不完，留下來阻地方，老人家總是不怕麻煩！」

爺爺說：「岳飛少年時候，沒有錢買紙，只得在泥沙上練字，哪像你們這麼浪費的？」

康康說：「爺爺，時代不同嘛，岳飛的母親在他背上刺字，難道我們也要讓母親『篤背脊』？」

爺爺沒有怪康康駁嘴，他把那些白紙釘成一本本，放在電話旁邊說：

「有人打電話來，要留下口信，可以記在這些本子上。做算術要草稿紙，也可以拿來用。上街買東西，怕忘記買什麼，可以先寫在紙上。」

康康見爺爺撕下來的白紙，竟有厚厚的一大疊，也有點兒慚愧。就說：

「爺爺，這些用過的紙，讓我來收拾吧。」

爺爺說：「你也把它們一本本的釘好。」

康康說：「用過還有什麼用？」

爺爺說：「拿來包鉛筆屑、果皮、花生殼，不是很好嗎？」

紙巾和手帕

祖母燙衣服的時候，燙平了三條大手帕，一條給爺爺，一條給爸爸，一條給平平。

平平說：「我不要手帕，我要用紙巾。」

祖母說：「紙巾用過不可以再用，手帕髒了，洗乾淨可以再用。」

平平說：「要洗、要晾、又要燙，不是很麻煩嗎？」

祖母說：「一條手帕可以用幾十次，比紙巾節省多啦！」

平平說：「一包紙巾值多少錢？同學們都用紙巾嘛！」

祖母說：「好，好，你不喜歡用手帕就用紙巾吧！」

平平回到學校，陳老師上第一課，她手上拿了一條乾淨的手帕，問大家：「這是什麼？」

「『手巾仔』！」大家回答。

陳老師說，她小時候讀書，每天都要帶一條乾淨的手帕回校，到今天當了老師還是一樣。她不喜歡用紙巾，因為造紙的材料是樹木，現在地球上的樹木越來越少了，大家一定要節省用紙。

後來陳老師還用手帕玩了兩個遊戲，一個是「丟手巾」，一個是「瞎子和跛子」，大家玩得很高興。

平平放學回到家裏，便對祖母說：

「嫲嫲，明天我要帶『手巾仔』上學！」

上默書課

　　今天同學們都有點緊張，因為第一課便是英文默書，很多同學都沒有準備好。

　　昨晚電視播映一套長片，又緊張，又恐怖，又好笑。大家顧得看戲，默書便沒有充分準備。

　　英文老師麥太太是個很嚴肅的人，她說過要默書就絕不會改期，誰要是不及格便得罰抄，而且不止抄一次，可能抄得你手指痛。

　　上課的鈴響了，大家唸唸有詞，作最後的記憶，課室裏嚶嚶嗡嗡，像一班小和尚在讀經。

　　可是走進課室來的卻是胖胖的教中文的老師，大家叫她「沈肥肥」的大好人。她說：

　　「麥老師因為感冒發燒，今天請假，由我來代課。」

　　她一宣布，課室裏立即爆發出一聲：

　　「好呀！」

有人把英文書拋向半空，還有人鼓起掌來。

就在這時候，一個瘦瘦的大家熟悉的身影出現在課室門外，那不是麥太太是誰！

「沈老師，謝謝你，我回來了。」

「你不舒服，在家多休息嘛！」

「吃了藥，好多了，覺得不應該懶惰。」麥
太太說。

　　於是大家一聲不響的默書，不過有好幾對耳
朵是通紅通紅的，耳朵的主人，相信剛才喊「好
呀」的時候，一定被麥太太聽見了。

你想做什麼？

　　爺爺説了一個故事，是一個古老的故事。這樣的故事，許多國家都有，只是版本稍有不同：

　　話説一隻老鼠做了一件好事，神仙答應為牠完成一個願望。

　　老鼠説牠最怕貓，希望神仙把牠變成一隻貓。神仙説貓會害怕狗，老鼠説那就把牠變成一隻狗吧。神仙説狗最害怕棍子，老鼠説那就把牠變成一根棍子吧。神仙説棍子怕火燒，老鼠説那就把牠變成一團火吧。神仙説火怕水來淋熄，老鼠説那就把牠變成一桶水吧。神仙説水怕太陽曬，老鼠説那就把牠變成太陽吧。神仙説太陽最怕雲來遮蓋，老鼠説那就把牠變成一堆雲吧。神仙説雲最怕風來吹，老鼠説那就把牠變成一陣風吧。神仙説風最怕牆來，老鼠説那就把牠變成一道牆吧。神仙説牆最怕老鼠在上面打洞。老鼠説：「你就

把我變做老鼠吧！」神仙説：「你本來就是老鼠嘛！」

爺爺説完了，問康康這個故事好聽不好聽？康康説：「這個故事教我們安心扮演自己的角色，太保守了！」

爺爺説：「那麼你想怎麼樣？」

康康説：「我要每樣都試試，我要做貓，蹲在屋頂看風景；我要做狗，在草地上打滾；我要做棍子，專打壞人；我要做火，給人溫暖；我要做水，在小溪中奔流唱歌；我要做太陽，光照四方；我要做雲，到處遨遊；我要做風，自由地奔馳；我要做牆，給人們一個甜蜜的家；我也不妨做一隻機靈的小老鼠，跟大蠢貓鬥智！」

爺爺聽了哈哈笑道：「好！你説得好！」

原來如此

　　媽媽每天買菜要花很長時間，對於這一點，大家有不同的猜測。

　　「媽媽是個拿不定主意的人，到了街市，買牛肉好呢還是買豬肉？買白菜好呢還是買豆角？轉來轉去，時間長了。」這是哥哥的看法。

　　「媽媽天天買菜，當然認識了不少朋友，跟張阿姨講十分鐘，跟李太太談一會兒，時間便過去啦！」這是姊姊的推測。

　　這個星期六，弟弟不用上學，自告奮勇陪媽媽去買菜。街市又擠又髒，菜籃很重，弟弟買菜回來，大聲嚷道：「好辛苦呀！」

　　晚上吃飯時，小弟忽然對大家説：

　　「今天我發現，媽媽買菜為什麼要花很長時間了。」

　　「媽媽走路慢？」哥哥説。

「小販要『走鬼』？」姊姊説。

「NO，NO，NO！」弟弟猛搖頭。

「那你就快説吧！」心急的姊姊橫了他一眼。

「媽媽買菜的時候，心裏想着家中每一個人。爸爸喜歡吃什麼？姊姊喜歡吃什麼？哥哥和我喜歡吃什麼？除了她自己，她要使每一個人都有愛

吃的菜，錢又不能花得太多，所以來來去去，走了幾遍，才把菜買好。」

聽了小弟的話，大家看看桌上的菜，一同說：

「謝謝媽媽！」

都是有生命的

重陽節那天，康康和波波跟舅父去登高，他們爬上一座小山，觀賞四周的風景。

看了一會兒，康康和波波覺得無聊，每人撿起一根枯竹枝，比起劍來。

他們一面比試，一面發出呼喝的聲音：「嘿！嘿！嘿！」

忽然波波「哎呀」一聲，原來手指中了康康一擊。

「真可惡！好痛呀！」波波拋下竹枝，搓着被打紅了的尾指。

「我不是故意的！」康康見波波發脾氣，也不高興。

於是他們一個去東，一個去西。

波波攀着一棵小樹，用力地又推又搖，發洩心中的怒氣。康康揮舞手上的竹枝，把那些野花野草，鞭打得枝葉橫飛，表示他不開心。

「停手！」他們忽然聽到舅父大喝一聲，兩人立刻停止了他們的破壞活動。

「你們兩個傻了嗎？這樣子傷害花草樹木！」舅父的樣子很生氣。

「它們只不過是野草罷了，這裏到處都是。」康康不以為然地說。

「什麼野草、家草！它們都是有生命的，在我眼中，它們沒有分別。你們不應該欺負他們！」舅父的嗓門還是那樣大。

「如果你們的爸媽吵架，把脾氣發洩在你們身上，你們會覺得怎樣？」

「植物不會講話，但是它們的感受跟你們一樣。」舅父的語氣稍緩和了。

兩人一聲不響地跟着舅父下山，沿途沒有隨便摘一片草葉。

好玩的下雨天

　　早上上學時還是陽光燦爛，中午快下課的時候卻烏雲密布，下起雨來。

　　冰冰正擔心要淋着雨回家，卻見媽媽已拿着傘子在校門前等候。

　　兩人打着一把傘子走進雨中，斜撇的雨打濕了冰冰的鞋襪，她忍不住埋怨道：

　　「下雨天，真討厭！」

　　「如今城市的孩子，都討厭下雨。記得我們小時候，還盼望下雨呢！」

　　「下雨有什麼好？」冰冰嘟着嘴說。

　　「下雨可以到溝渠邊放紙船，可以光着腳踩小水窪，也可以淋雨！」媽媽說的時候，眼睛裏像是出現了童年景象。

　　「淋雨？淋雨也好玩嗎？」冰冰不相信。

　　「也許我們小時候沒有什麼好玩的，所以淋

雨也好玩。我們一個個小孩在雨中跳呀，叫呀，頭髮和衣服全濕透了，可是我們都開心極了！」

「媽媽，就讓我們現在試一試，好不好？」冰冰忽然有了這個頑皮的主意。

「好呀！」冰冰想不到媽媽會答應，而且真的把傘子收了。

　雨點打在兩人的臉上、身上，像是在街上淋浴似的。

　「哈哈，真的很好玩呀，媽媽！」冰冰仰起臉，讓雨水淋個痛快。

　媽媽也仰着臉，還閉上眼睛，讓雨點親吻她。她沒有回答冰冰，因為她已回到她的童年時代了。

釣魚

康康和表哥釣魚回來。

爺爺問：「有收穫嗎？」

康康說：「只釣到幾條小魚。」

「魚呢？」

「倒啦。」

「為什麼？」

「太小，不能吃。」

「作孽！作孽！」爺爺歎息說。

「爺爺，什麼叫作孽？」康康問。

「把魚釣回來不吃，不是作孽是什麼？」爺爺說。

「釣魚的樂趣不在乎吃嘛！」表哥說，「在乎把魚扯上來的一剎那。」

「你的樂趣是在殺害生命嗎？為什麼這般殘忍？」爺爺說。

「那些捕魚為業的人，不是更殘忍嗎？」表哥說。

「非也！非也！」爺爺說，「他們是為了生計，有嚴肅的理由。你們如果把魚釣回來吃，魚是人類的食糧，這是上天允許的。可是你們殺害牠們，純粹為了娛樂，那就有點過分了。拿回來送給人家餵貓也好嘛！」

「我們也不知誰家養貓，那不是很麻煩嗎？」表哥說。

「怕麻煩就最好不要去釣魚！把本來自由快樂的魚釣上來，無端令牠們死亡，你們不覺得殘忍麼？」爺爺說。

「爺爺，你的心地真好！」康康說。

「我希望你們也一樣！」爺爺說。

生日菜式

爺爺去年生日，已經不吃雞、鴨、魚肉。他說：「不想在這慶祝自己生命誕生的日子裏，殺害其他生命。」

爸爸常常跟爺爺抬槓，這是他們父子間的一種生活樂趣。爸爸說：「植物也有生命，這碟炒白菜不是生命麼？這碟煮莧菜不也是生命麼？只不過人們在殺害它們的時候，它們不懂得呼喊罷了。」

爺爺似乎說不過爸爸，他有點不服氣地說：「好，下次生日，我懂得怎樣做了！」

時間過得很快，又到爺爺今年的生日。爺爺親自下廚，煮了四菜一湯出來。他說：「這豆角是籬笆上摘的，這茄子是田裏種的，這雞蛋是雞窩裏撿的，這豆苗是街市買的，這鍋湯的木瓜是園子裏長的。今天的菜式，完全沒有殺害什麼生

命。我取了它們的果實和嫩葉，可是它們依然活着。」

爸爸微笑着夾了一箸炒雞蛋說：「這雞蛋可以孵出小雞，不也是生命麼？」

爺爺說：「我家沒有養公雞，這些雞蛋都是沒有受精的卵，是孵不出小雞來的。」

他們父子倆，你一言我一語，脣槍舌劍，看來是爺爺佔了上風。爸爸無話可說，他帶頭端起杯子來說：「好，讓我們祝爺爺身體健康，生辰快樂！」

　　於是大家一同舉起杯子，七嘴八舌地恭喜爺爺。

爺爺的記性

祖母常説：「爺爺真的老了，記性越來越差了！」

可不是嗎？他有時上街買東西，到了街上，卻想不起自己買什麼。有時買了東西，給了錢，卻忘記拿東西。

最好笑的一次，是朋友請他喝茶，他要打電話回家，告訴家裏不要等他吃飯。他卻連家裏的電話號碼也記不起來，要那位朋友在地址簿上查了告訴他。

爺爺還老是丟東西，雨傘啦，錢包啦，鎖匙啦，丟了一次又一次。光是身分證，就補領了三次。

最危險的是爺爺有時在廚房裏煮東西，離開廚房後，就忘得一乾二淨，直到把東西煮焦了，一屋子的燒焦味，大家才知道。這時候，祖母就

會很大聲的罵他，說這樣是很危險的。

　　爺爺知道是自己錯，一聲不響的清理爐具和灶頭，我們都替爺爺難過。

　　不過，奇怪的是，有些事情爺爺記性卻很好。

　　他會背整篇的《千字文》，一個字也不漏，他還會背《木蘭辭》和《長恨歌》，還有一些成語，他知道哪一句是孔子說的，哪一句是孟子說的。

　　他還記得他六歲時候的事情，他第一天開學，穿的是什麼衣服，吃了什麼點心，老師說過些什麼？

　　他又記得五十年前米賣多少錢一斤，叉燒包多少錢一個。

　　祖母說他：「該記的不記得，不須記的卻記得清清楚楚。」

對於這一點，我們是不同意的，爺爺記得的事都很有趣，我們希望他從記憶中，多「挖」一點出來，告訴我們呢！

雪糕姨和蘋果姨

媽媽有兩位好朋友時常來我家，冰冰和邦邦叫她們一個做雪糕姨姨，另一個做蘋果姨姨。因為雪糕姨姨差不多每次都會在樓下的超級市場買一盒雪糕上來，蘋果姨姨卻喜歡帶一袋蘋果來。

冰冰和邦邦喜歡吃雪糕，也喜歡吃蘋果。雪糕姨姨講故事很動聽，蘋果姨姨會彈琴，帶領孩子們唱歌，所以孩子們很歡迎這兩位姨姨。

不過有一次，冰冰和邦邦閒談，卻不約而同的說：「喜歡雪糕姨姨多點！」

　　「為什麼呢？」

　　起初他們自己也不知道什麼原因，後來終於弄清楚了：

　　「雪糕姨姨喜歡稱讚人。」

　　「蘋果姨姨喜歡挑人的毛病。」

　　「雪糕姨姨說：『你的眼睛真漂亮！』」

　　「蘋果姨姨說：『看你的手指多髒！』」

　　「雪糕姨姨說：『你這幅畫畫得好！』」

　　「蘋果姨姨說：『看你的功課多潦草！』」

　　「雪糕姨姨說：『你們很有禮貌。』」

　　「蘋果姨姨說：『你們有點懶惰。』」

　　媽媽一面燙衣服一面聽孩子們討論，終於她說：「人人都喜歡聽讚美的話，但我們更需要別

人指出我們的缺點。」

「可是蘋果姨姨為什麼只看到我們的缺點，看不到我們的優點呢？」

「她是看到的，她常在我面前說你們很可愛。只因為她差不多每次都跟雪糕姨姨一齊來，雪糕姨姨已經稱讚了你們，她怕你們驕傲，所以由她來指出你們的缺點。」

「原來如此！」冰冰和邦邦說。他們心裏對蘋果姨姨有了小小的歉意。

「真舒服！」

爸爸腰痛了好幾天了，要硬直着身子坐，硬直着身子走路，像個機械人似的。彎腰和拿東西的時候，他都很小心。爸爸不再像從前動作敏捷，姿態瀟灑了，他一下子顯得老了。

爸爸很少看醫生，這次也不例外。媽媽和祖母都叫了他好幾次，他不肯去也拿他沒辦法。難道他怕打針，又怕吃藥，勇敢的爸爸其實是個紙老虎？

不過爸爸終於去看了醫生，並且帶回來一個腰墊，樣子彎彎的像個馬鞍。

腰墊有兩條尼龍帶子，用來綁在椅子上。爸爸坐下來工作時，那腰墊就頂住他的腰椎骨，讓這部分獲得支持。

腰墊似乎有點用，不過爸爸的腰痛並沒有停止。他只要坐着超過一小時，就得躺到牀上休息。

這是他從前沒有的習慣。

他躺在牀上休息的時候，媽媽有時會幫他按摩，每次按摩之後，爸爸都説很舒服。

今天媽媽不在家，爸爸躺在牀上休息時，我説：「爸爸，讓我試試幫你按摩。」

爸爸有點意外，不過他還是把身體翻過去，背脊向天，像媽媽幫他按摩時那般。

我學着媽媽的手勢，開始在爸爸的腰部搓揉。做了幾下，爸爸説要大力一點；我用了很大的力，他還説不夠。後來爸爸教我要用整個身子的重量壓下去，我終於懂得了用力的巧妙。

爸爸開始閉上眼睛，滿意的説：「真舒服！」

我做了一會兒已經滿頭大汗，兩臂痠軟。爸爸説：「夠了，謝謝你！」他爬起身來把我擁在懷裏，給我一吻。我也閉着眼睛説：「真舒服！」

寫字的道理

弟弟一面做功課一面大聲説：「討厭！」

喊聲驚動了爺爺，他走過去看，原來弟弟在用毛筆抄書。

有些筆畫因為筆上的墨太多，化開了，變成糊塗一團。有些字因為筆畫太多，一個格子沒法容納，佔了兩個格子。一些墨印在弟弟的手上，又從手上印回簿上，弄得花斑斑的，這裏一點，那裏一塊。

「你看，多麻煩！現在哪裏還有人用毛筆寫字的？落後！」弟弟發脾氣地把毛筆擲下。

「看你，一點耐心也沒有！寫毛筆字是一種藝術呢，中國人不可不懂，讓爺爺寫給你看。」爺爺捲起衣袖説。

他拿了弟弟上學期用剩的一本舊簿，坐到弟弟的座位上，讓弟弟站在旁邊看着。

他拿起筆來，先把筆尖上多餘的墨在墨盒蓋上舔掉，筆鋒變得瘦瘦尖尖的。然後一個字一個字的寫起來。

說也奇怪，爺爺的手平日是顫抖的，拿起筆來寫字卻不抖了。

更使弟弟佩服的是，不論那些字的筆畫多少，爺爺都可以輕輕巧巧地寫在一個格子裏，包括那筆畫最多的「鬱」字。

「有什麼秘訣沒有？」弟弟問。

「很簡單！」爺爺說，「寫每一個字之前，要心中有數，把字的組成部分，作出適當安排。筆畫之間，你讓我，我讓你，寫出來就不覺得擠，還很自在、舒暢呢！」

爺爺繼續寫下去，嘴巴卻不肯停下來，他說：「就像一家人一樣，地方雖小，只要懂得互讓，日子也是過得自在舒暢的。」

後摘星園

答應了婆婆

　　志偉正在巴士上，他看看錶，知道有足夠時間去到社區會堂。

　　過去十二個月，他都替會堂做義工，每月一次大掃除。清掃每個角落，潔淨每個洗手間，修剪園子裏的花圃。

　　義工隊一共十個人，每次有一、兩人缺席，只有三個人一次也沒有缺席過，其中一個是志偉。

　　會方為了酬謝義工的奉獻，決定來一次頒獎禮。選定了一個公眾假期，向一次都沒有缺席的義工贈送禮物，並向全體義工頒發服務證書。不過事前要他們布置禮堂，準備茶點。隊長説這次出席會當做考績的一部分，缺席的人禮物不會補發。

　　這時志偉的手機響了，一聽是表妹阿娟的聲音：「喂，阿偉你忘記今天我們提前為婆婆慶祝

70

生日？大家都到了，只差你！」

　　志偉的腦子嗡一聲，他記得了，外祖母今年七十歲，舅父他們已經在酒樓訂了幾席。表兄弟姐妹們覺得酒樓場合有限制，要另外在家搞個慶祝會。因為這位婆婆不是普通老人家。

　　她是中學退休教師，多年來為他們補習英文和數學。她還義務教女孩子鋼琴，兩個表妹都已考到七級。

　　補習時她很嚴格，補習完跟他們一同玩智力遊戲，緊張時她叫的聲音比誰都大。

　　本來他們已編排好節目，包括唱歌、彈琴、切蛋糕。只因日期曾經改過，志偉一時忘記撞了期。

　　「我很快就到。」他對表妹説。

　　巴士剛好到站，他跳下車跑向地鐵站。

跟爺爺去飲茶

星期天，爺爺約了朋友飲茶，明明説他也想去。

明明喜歡吃，爺爺很清楚。

「好，不過有條件。」爺爺説。

「先把功課做好嘛？我已做完。」明明説。

「不是，是飲茶時不許玩手機。」

「沒問題，最多我把手機留在家裏。」

明明跟爺爺去到茶樓，相熟的伙計安排他們坐在一個較安靜的房間。

爺爺的三個朋友陸續來到，爺爺吩咐明明叫他們趙爺爺、李伯伯、陸 Auntie。

點心一樣樣來，大人閒聊，明明插不上嘴，他的目的是吃。不過因為沒手機，大人談的他都聽見，原來近日的木蝨新聞是他們的談話主題。

爺爺説他中學讀寄宿學校，有一天他母親來

探訪，發現他身上有被蟲咬的痕跡。翻開牀褥一看不禁嘩的一聲，但見纍纍蠕動的都是牀蝨。

這天母親留在宿舍大半天，用滾水燙牀褥，再用燙斗燙乾。不過問題沒有徹底解決，因為同學那邊的牀蝨會爬過來。

趙爺爺說，1894 年香港有鼠疫，當局用「洗太平地」來對付。戰後香港仍有「洗太平地」活動，市政機構定期分區叫居民大掃除，記得那天

大家把牀板搬出來頓，便有木蝨掉下來。又有消毒藥水供應，可以把家具放進去浸。看來為對付牀蝨，香港要在一些地區恢復這活動。

李伯伯是中學生物科老師，他説木蝨極難清除，牠捱得餓，一年不吸血也餓不死。繁殖快，一生可產卵三百枚。

陸 Auntie 在社福機構服務，常探訪劏房，她説木蝨問題一直存在，跟貧窮結了不解緣。她教劏房住戶用廉價方法對付，包括滾水燙、曬太陽、用吸塵機吸、風筒吹，買回來的舊家具先清潔。

後來中文老師出了一條作文題：《香港近事》。明明拿了很高分數。

爺爺給孫女的信

親愛的敏敏：

　　你傳來的「近照」，爺爺差點認不出是你，你媽媽說，這是「美圖」的結果。她說手機上有許多 Apps，其中有一類可以修改人的樣貌，把它變得美麗好看。譬如皮膚可以變白，眼睛可以變大，斑可以消除，肥可以變瘦。

　　敏敏，可是你還是你，照片中的已不是爺爺認識的敏敏。

　　你本來有粗粗的眉，是你爸爸的遺傳，對少女來說，有一種未經修飾的青春。如今修細了，反而使你看上去大了好幾歲。

　　你本來有一對明亮的眼睛，是你媽媽的遺傳，時常笑意盈盈。如今多了長長的睫毛，給人假的感覺，不配合你少女身分。

　　你本來有一個小翹鼻子，看上去特別俏皮。

我們都喜歡揑揑它，惹得你呱呱叫。現在換上了一個希臘鼻，這使你整個樣子都變了。

沒有改變的是你的嘴，小小的，嘴角翹翹。只是本來的一對虎牙不見了。

你本來的皮膚有點黑，這是健康膚色，像個運動員。如今卻像西方人那麼白，使人懷疑你貧血。

不要怪爺爺有彈無讚掃你興，雖然你傳來的仍是美女，但爺爺覺得很俗氣。而且有千篇一律的感覺，沒有了個人特色。

在爺爺眼裏、腦裏、心裏，敏敏本來的樣子最可愛。這個星期天能夠來探望爺爺，讓我看你又高了多少嗎？

上網課

冰冰對上網課並不抗拒，除了不能跟好同學一齊玩之外，好處甚多。

一不用戴口罩，二可以吃零食，三可以陪貓玩，四可以用手機跟同學玩遊戲。

爸爸媽媽已發覺她的這些「好處」影響她的學習，英文科拼字多錯，數學科很多練習不會做，讀書報告馬馬虎虎。

上課時間到了，她還在紮辮子；一面聽課一面吃薯片、棉花糖、橡皮糖；幫肥貓綁蝴蝶結；用手機跟同學玩各種比賽的遊戲。

可是爸爸媽媽都要上班，管她不到，只是要嫲嫲看着點，向他們報告。

嫲嫲經常在廚房忙，還要追看幾個電視劇，她的報告沒有參考價值。爸媽只得出「辣招」。先是收了冰冰的手機，下班後和周末、假期才給

她用。零食減少供應。上課時貓兒不許進房。

可是嫲嫲報告，不止一次見電腦開着，老師在講課，冰冰卻在牀上睡着了。

爸爸媽媽商量了很久，採取了一些新措施：

爸爸在舊家具店買了一張學校用課桌，放在

廳上。把電腦從冰冰房間裏搬出來放上面。爸媽上班前要冰冰換上校服等上課。

在嫲嫲的睡房裝了一部新電視，聽書和看電視互不干擾。

冰冰的上課情況有沒有改善還不知道，媽媽說如果有進步，冰冰生日會有一個大蛋糕。

打針

　　何小勇最沒面子的一件事，是讀一年級的時候，衞生署派護士來學校打針，電視台派記者來攝影。小勇打針的時候覺得很痛，表情扭曲，淚水滿眶。同班的李文鳳打針的時候面不改容，打完還對護士姐姐致謝。護士姐姐向她豎起大拇指。這一切都被記者拍了下來，當天的晚間新聞便播出。

　　何小勇看到之後很苦惱，他知道所有同學，還有那些親戚朋友和鄰居，都會看到自己是如此「失禮」。

　　更糟的是從此一有注射疫苗新聞，就會播出這一鏡頭，畫面注明是「資料圖片」。

　　有一次小勇身在電器店，四五部大電視同時播出這鏡頭，他聽見一個顧客說：「這男孩反而比女孩怕痛……」他急忙逃出店外。

又有一次小勇在公園跑步，他要鍛煉自己，長大之後做一個強壯的男子漢。跑了五個圈，一身是汗，他停下來抹汗。一個陪祖母來公園散步的小妹妹對小勇多看了一眼說：「嫲嫲，這哥哥我在電視上見過。」小勇立刻急步走開。

　小勇讀三年級時，學校又發通告說有護士來學校打針，小勇的父親簽了同意書，他對小勇說：「大個仔啦，你不會害怕。」

　小勇的確不害怕，但還是有點緊張。他見到李文鳳比他早打，一直保持笑容，打完還比了一個勝利手勢。

　這次替小勇打針的是一個男護士，他替小勇塗酒精消毒時，發現他全身繃緊，笑着對他說：「話我知，十二乘十二等於幾多？」「一百四十四。」小勇回答得很快，這時他發覺

　　手臂好像被蚊子叮了一下。

　　「打完了！」護士說。

　　小勇完全放鬆，滿臉笑容，朝李文鳳的方向
比了一個 V 字。

教嫲嫲用手機

「娟，我想 WhatsApp 照片給雲姨，你來教我怎樣做。」嫲嫲又叫阿娟了。

阿娟今年十三歲，嫲嫲八十三，兩人相差七十歲，可是嫲嫲常要阿娟幫她解決手機難題。

嫲嫲的難題對阿娟來說簡直太容易，可是嫲嫲就是學不會。像傳送照片這回事，阿娟已教過她三次。當時她依阿娟的指導傳出去了，第二天她竟然完全忘記。第二天上午教過一遍，晚上又完全不記得了。

阿娟手機不離手，她跟同學聊得興高采烈，卻不時被嫲嫲打斷，她越來越覺得不耐煩。

「我講過多少次啦！為什麼你的記性這樣差！」

「我同學的弟弟今年才八歲，手機已經樣樣會玩，你……」她把「為什麼這樣蠢！」硬吞了

回去。

「嫲嫲，我快被你激死啦！」她的聲音高得房間裏的爺爺都聽見了。

「娟，來我房間，有東西給你看。」爺爺説。

爺爺挑出十三年前的一本日記，翻開其中一頁叫阿娟看：

……可能環境改變了，娟娟夜間一味哭，不肯睡。六個月大的她第一次離家宿營，對陌生環境害怕。

她祖母像平日一樣把着她唱催眠歌，好不容易見她閉上眼睛，但一把她放上牀就立即醒來，撐手撐腳的哭。要她嫲嫲從頭再來過。這樣一次又一次，直到半夜一時多，總算睡着了……

「娟，你當然不知道有這回事，嫲嫲當年可是一句怪你的話都沒說。」爺爺說。

　阿娟的眼睛忽然潤濕了。她走出房間，聲音有點變，對嫲嫲說：「嫲嫲，你有時間傳相麼？我可以再教你一次。」

　這趟她教得特別仔細和溫柔。

不肯除下的口罩

　　新冠疫情最嚴重的時候，學校的老師和同學人人都戴上口罩。後來疫情控制住了，口罩可戴可不戴，戴口罩的同學漸漸少了。到最後剩下一個，女生張麗雯。

　　張麗雯讀中二，成績好，總在前三名。她服務精神好，被大家選做班長。跟她要好的朋友很多。

　　她只在中午吃飯的時候除口罩，她會在校園的一個安靜角落獨個兒吃，吃完立即把口罩戴上。

　　她喜歡唱歌，聲音很好，是學校合唱團高音部的一員。有時還被老師指定擔任獨唱部分。合唱團計劃在校慶有演出，麗雯主動向老師提出暫時退團，因為演出時不該有人戴口罩。

　　對她堅持戴口罩最大的考驗來自拍分班照。

學校每年出一本校刊，有分班合照。事前班主任找張麗雯商量。

「張麗雯，下星期我們會拍分班照，拍照時你可不可以不戴口罩？」

「我知道我戴口罩很礙眼，不如就讓我不參加合照。」

「這樣不好，你是班長，同學都想見到你。」

「我真的不方便，請你原諒我。」

「不如等到最後你才除下口罩走過去，時間不會超過五分鐘。」

張麗雯考慮了一下還是說不好。

「這樣吧，」老師說，「你戴口罩拍，另外單獨拍一張不戴口罩的，攝影師會把你的頭部換上去。不過，你可不可以告訴我，為什麼你這麼堅持要戴口罩？」

　　「爺爺嫲嫲跟我們同住，兩人都已九十多歲，
而且很多病，父親說，絕對不能讓他們感染新冠，
怕他們捱不住。我答應過爸媽，一定很小心，不
會害到我最愛的老人家。」

　　班主任摸摸麗雯的頭，「你真乖！」

爺爺的書法展

爺爺的字寫得靚是大家都知道的，他五歲開始學寫字，今年八十歲，越寫越好。

左鄰右里都請他寫字裱好掛在家裏，使客廳立刻有了文化氣息。

農曆新年，新界的朋友特地買了紙過來，請他寫春聯。

有人開新舖，餐廳、茶葉店、酒莊，慕名前來請他寫招牌。

爺爺都是有求必應。

爺爺因為嚴重濕疹住過醫院，兩位護士小姐發現爺爺是書法家，要求收她們做學生。爺爺就利用周末在家開書法班。爺爺收的學費很便宜，還請學生吃點心。上課時談談笑笑，爺爺講些詩詞文章知識，還有他一生有趣的經歷。

兩個學生的字進步得很快，她們的讚賞吸引

了更多的學生。上課時全個大廳坐滿人。

　　幾年後，師生建立了感情，每年都替爺爺在酒樓慶祝生辰。爺爺在酒樓擺放了桌子，有筆有墨有紙，由他帶頭，同學們即席揮毫。爺爺寫的幾幅字就用來抽獎，抽到的十分歡喜。

　　許多學生建議爺爺開書法展，爺爺説場地租金貴，裝裱也花錢，發請柬，發新聞，布置場地，樣樣都煩，所以他不想自尋煩惱。

　　不過他有一個聰明的方法，讓他的書法經常在不同的展覽場地展出。

　　他認識不少書畫界朋友，他們每年舉辦個展或師生展。爺爺收到請柬就寫一首詩去賀喜。朋友收到之後總是把它展出在當眼的地方，爺爺只是每次用一張紙，他的書法就走遍了港九。省事又省錢，真要給他十個 like。

鄉村的晚上看星星

康康暑假去舅父的村居住幾天。

舅父在鄉村學校教書，村裏的孩子很多是他學生，孩子的父母是學生家長。他經過時大家都跟他招呼，叫他鄧先生。

舅父對他們也很熟悉，這李嬸是菜農，白天澆水澆糞，黎明就要去田裏摘菜，哪怕是氣温零度。摘好的菜由大兒子騎車送去墟裏應早市。舅父也會向她買菜，她總是半賣半送，她的菜又新鮮又甜，市區買不到。

這陸叔是花農，有兩畝桃花田。辛苦整年，供春節之用。他種的桃花色豔花濃，不過很受天氣影響，太暖太寒，風風雨雨，都影響花期。因此收入難有保證。

這晉叔會木工也會建築，一對巧手，半條村經他建造。舅父家的圍欄就是他的工程。

康康回家前的晚上，天氣晴朗，舅父跟他在園子裏燒烤，蟲聲唧唧陪伴。

康康一抬頭見滿天是星，大大小小，密密麻麻，是城市所見的好幾倍，真是壯觀。他認識獵戶星座、大熊星座和北斗，其他都不知名。

「舅父，原來天上有這麼多星星，我以前不知道。」

「因為城市有光害。其實白天的天上也有星星，只是我們看不到。只有在日蝕時看到一些。」

「它們存在，但沒有人認識它們，也會感到寂寞嗎？」康康問得很孩子氣。

「其實我們人也是這樣，我們認識一些有名的人，但絕大多數的人，像李嬸、陸叔、晉叔，他們也對這個世界有貢獻，發熱發光，卻只有很少的人認識他們。看來他們也不追求這些，但我

們可不要輕視他們的存在。」舅父説。

　　「因為有他們，人類的天空才如此燦爛。」
康康望着好像越來越多的星星，一時出神了。

數星星

作　　者：阿濃

繪　　圖：美心

責任編輯：黃稔茵

美術設計：徐嘉裕

封面設計：美心、徐嘉裕

出　　版：新雅文化事業有限公司

　　　　　香港英皇道 499 號北角工業大廈 18 樓

　　　　　電話：(852) 2138 7998

　　　　　傳真：(852) 2597 4003

　　　　　網址：http://www.sunya.com.hk

　　　　　電郵：marketing@sunya.com.hk

發　　行：香港聯合書刊物流有限公司

　　　　　香港荃灣德士古道 220-248 號荃灣工業中心 16 樓

　　　　　電話：(852) 2150 2100

　　　　　傳真：(852) 2407 3062

　　　　　電郵：info@suplogistics.com.hk

印　　刷：中華商務彩色印刷有限公司

　　　　　香港新界大埔汀麗路 36 號

版　　次：二〇二四年四月初版

ISBN: 978-962-08-8354-5